I0548426

Ye

25981

BOUTADE
SUR L'ODE.

Par M. P. F. A. L. F.

Pierre François Alexandre Lefèvre,

> Quò, Musa, tendis? Desine, *pervicax*,
> Referre sermones deorum, et
> Magna modis tenuare parvis.
>
> HOR., *Od. III⁰., l. III.*

A PARIS,

Chez J. E. GABRIEL DUFOUR, Libraire, rue des
Mathurins, n⁰. 7.

M. DCCC. VI,

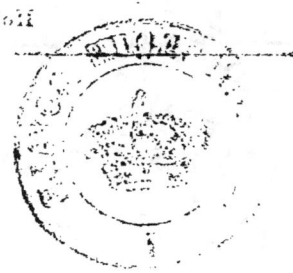

BOUTADE
SUR L'ODE.

(Le lieu de la scène est un café.)

J. et O.

J.

Une Ode! une Ode encore! et puis encore une Ode!
Que je plains les héros! — Cantatrice incommode,
Fière et froide Sibylle, Ode, que leur veux-tu?
Nous faut-il tes grands mots pour sentir leur vertu?
Crois-tu qu'une épithète, ou sans force, ou forcée,
Tienne lieu, dans les vers, d'image ou de pensée?
Ou, jalouse, en secret, de l'éclat des guerriers,
Veux-tu, sous tes pavots, endormir leurs lauriers?
Laisse-moi.

O.

Par Phébus! l'apostrophe est bizarre;
Devant son tribunal monsieur cite Pindare!

Monsieur fait le procès aux Linus, aux Saphos,
A l'éloquent Tyrtée, au vieillard de Téos!
Il proscrit ce Flaccus qui des chants d'Aonie
A, sur un luth latin, transporté l'harmonie!
Quoi? l'écho de la gloire, à maintenir leurs droits,
Use encore aujourd'hui son aile et ses cent voix,
Et..!

J.

Bon, madame, bon. Ressource accoutumée.
Vous voilà, dès l'exorde, avec la Renommée.
N'allons-nous pas, bientôt, voir flamboyer dans l'air
Cet artilleur ailé qui portait Jupiter?
Les géants, *entassant montagnes sur montagnes,*
Viendront-ils, à la rime, aplatir les campagnes?
Et ferez-vous crouler sur un parfait en *Sa*
Olympe et Pélion surchargés par Ossa?
Je sais tous vos moyens. — Votre imposant organe
Peut m'attaquer encor d'un, *loin d'ici, profane :*
Mais la morgue et l'orgueil ne m'épouvantent pas.
Surpris qu'on leur résiste, et vaincus sans combats,
Un coup-d'œil du sang-froid suffit pour les abattre.
D'ailleurs, dites deux mots, et j'en répondrai quatre. —
Faisons mieux; raisonnons. — Ode, puis-je, entre nous,
Et vous le proposer et l'attendre de vous?

O.

» Que vois-je? où vais-je? où suis-je? O précieux délire!
» Donnez-moi ce théorbe, apportez-moi ma lyre.

» Je m'abandonne entière à mes fougueux transports.
» Achève, Dieu des vers. Que ta faveur suprême
      » Me mette assez hors de moi-même
» Pour faire à ce barbare envier mes accords!

      » Mais tandis que je chante, un cri part; et la guerre
» A fait gronder le bronze, émule du tonnerre ;
» Que nous annonce au loin cet immense armement?
» Aggresseurs des Français, fuyez d'un pas agile,
         » Ignoriez-vous que pour Achille
» Venir, et voir, et vaincre, est l'œuvre d'un moment ?

   » NAPOLÉON, semblable....

J.

                  Ode, arrêtez, de grace.
D'une comparaison c'est bien ici la place !
Observez sur ce point un régime frugal.
Qu'alliez-vous comparer à qui n'a point d'égal?
Et puis, dès le début, vos forces épuisées
Ne vous ont rien fourni que des phrases usées.
Ce sont méchans lambeaux d'un assez mince habit.
Vous répétez fort mal ce qu'on n'a pas bien dit ;
Et le Dieu qui dicta des vers tels que les vôtres,
S'il vous tourne la tête, en tournera peu d'autres.

O.

Je t'arrête, à mon tour, sur ce vers peu plaisant,
Froid critique. —Il est dur, louche, incorrect, pesant.
Il offense à-la-fois la grammaire et l'oreille.

J.

Oui ; mais ce qu'il veut dire, on l'entend à merveille.
C'est un de ces tours vifs qui n'égarent jamais,
Solécismes heureux que notre Langue a faits ;
L'aisance, la clarté, l'agrément, tout s'y trouve.
Un pédant les condamne, et le goût les approuve.
Mais vous, qui de mon style épluchez les erreurs,
Vous, qui, naguère encor, en vos saintes fureurs,
Du haut de cet Olympe où grimpait votre audace,
Des pas d'un vil mortel méconnaissiez la trace,
Je ris, quand tout-à-coup, sans titre, sans brevet,
Je vous vois transformée en abbé d'Olivet.
Sous cet air d'une Muse un peu forte et bouffie,
Cachez-vous un auteur réduit au train de vie
Qu'ont mené tant d'Esprits, dont l'Apollon vénal
Préluda, par des vers, aux travaux d'un journal ?
Il faut vivre, après tout. — Hé bien, je vous propose
L'espoir d'un gain rapide obtenu par la prose ;
Et j'aime mieux cent fois, dans mes desirs bornés,
Un feuilleton piquant que des vers mal tournés.
Je sais un journaliste à qui, par aventure,
Il faut, pour chaque soir, deux pages d'écriture.
Son collaborateur vient de mourir.

O.

                         Bien bon !
Pardon, monsieur, de grace, et mille fois pardon.

Menez-moi chez votre homme. Oui, quelqu'expérience
M'a du jeu polémique enseigné la science.
Que de secours, d'ailleurs, aujourd'hui qu'on nous met
Tout le savoir du monde en ordre d'alphabet !
Oui, seul, et bien armé d'un bon dictionnaire,
Imprime qui voudra, je m'engage à l'extraire.
Quant à mes jugemens, l'équité ; c'est mon fort.
Mes amis ont raison ; mes ennemis ont tort.
J'oserois à Cuvier montrer l'Anatomie,
L'Analyse à La Grange, à Fourcroy la Chymie,
Au cabinet anglais l'intrigue et ses replis,
Et l'art de se bien battre aux vainqueurs d'Austerlitz.
Désormais tout est su, du moment qu'on sait lire.

J.

Ce mot qui vous échappe est-ce un trait de satire?

O.

Point. C'est mon sentiment.

J.

Vous pensez, en ce cas,
Que le siècle, en tout genre, a fait les derniers pas.

O.

Vous conviendrez, du moins, qu'en auteurs plus fertile,
Au lieu de quelques noms il en a produit mille

Qui , tous, dans la balance ont un poids presqu'égal ;
Bonheur que n'a pas eu l'âge aux *Cotins* fatal.
Et pour ne point sortir du genre où je m'escrime,
Citez-moi sur le Pinde un écrivain qui prime.
Voyez de descripteurs ces flots toujours croissans.
L'un ne vaut-il pas l'autre ? Avouez.

J.

        J'y consens.
J'adjuge à chacun d'eux tout l'honneur de la lice :
Mais puis-je en vos discours ne point voir de malice,
Lorsqu'en faveur du siècle ils ne m'ont objecté
Qu'un indice évident de médiocrité ?
Quoi, *monsieur!* (car enfin notre Corps vous réclame ,
Et le voile est tombé qui vous faisait *madame.*)
Quoi ! le plus vil billon par torrens répandu
Vaudrait l'or en lingots que nous avons perdu ?
L'esprit, nous dira-t-on, s'est propagé. Tarare !
Plus l'esprit est commun , plus le génie est rare ;
L'universalité nous perd ; et c'est un fait,
Que, pour vouloir tout être , on n'est rien en effet. —
Nous voilà loin du but que mes soins vous proposent ;
Ordinaires écarts de deux Français qui causent.
Revenons à mon offre. Allons ; vous acceptez ?

O.

Je suis de plus en plus sensible à vos bontés,
Et par un franc aveu je les dois reconnaître.
Plein de NAPOLÉON , j'eusse aimé mieux , peut-être ,

Du gain de ses exploits chantés à l'avenir,
Vivre, et joindre à mon nom leur brillant souvenir.
Je me dis tous les jours, caressant ma chimère,
Achille a reparu, tu lui dois un Homère.
Je vais jusqu'à pleurer, de voir qu'à tant d'honneurs
Il peut manquer un Chantre....

J.

Épargnez-vous ces pleurs.
Non que je blâme en rien le desir légitime
D'assurer aux grands noms de grands tributs d'estime ;
Et si l'Ode aujourd'hui me semble être un travers,
C'est que tout froid rhéteur, tout plat faiseur de vers
Pense, au moyen d'une Ode, excrément de collége,
D'assommer ses héros avoir le privilége ;
C'est que, fier d'un tel crime, et croyant déjà voir
Les pensions, sur lui, les croix d'honneur pleuvoir,
Il veut que du forfait le fonds public complice,
Paie au bourreau croisé l'instrument du supplice ;
C'est qu'un homme, épuisant ce que l'Ode a de beau,
Suffit pour chaque Langue ; et la nôtre a Rousseau.

O.

Soit : mais où tendiez-vous ?

J.

A voir l'âge où nous sommes
Détrompé du besoin d'un poète aux grands hommes.

Vous me parliez d'Homère. Homère est inventeur.
Son Achille, élancé d'un cerveau créateur,
Modèle, un peu brutal, des fils de la victoire,
Appartient à la Fable, et non pas à l'Histoire.
Le poète a tout fait; son héros, presque rien.
Eh ! que pourrait notre âge inventer pour le sien ?
Où le porter plus haut qu'il ne s'est mis lui-même ?
Prétend-on qu'il s'attache à cette erreur extrême
D'agir, de gouverner, de combattre en un mot,
Afin que, quelque jour, quelques vers soient son lot ?
Quelle Ode a jusqu'à nous fait passer Charlemagne ?
Qui, pour l'éterniser, mit Phébus en campagne ?
Un vrai prince, un grand roi, ne vit point par autrui.
Faisant tout pour les siens, il fait seul tout pour lui.
Inspirateur des chants où ses faits nous invitent,
Il profite aux auteurs plus qu'ils ne lui profitent,
Leur montre un grand tableau qu'on n'eût créé jamais,
Et les fait subsister du talent des portraits.

O.

Ha ! ha ! ha !

J.

Vous riez ? reste à prouver ma thèse.
Voyons : ce rare auteur, fameux par l'antithèse,
L'esprit du dernier siècle, et qui, dans tous les temps,
D'un entour profitable étaya ses talens,
Qui nous dit des *Français le vainqueur et le père*,
Fit-il plus pour Henri, que Henri pour Voltaire ?

Non. Et, dussé-je encor m'exposer à vos ris,
Si quelque chantre, utile au plus grand des Henris,
A consacré ce nom dans nos cœurs qu'il fait battre,
C'est celui qui cria : *Vive ce diable à quatre.*
Sa chanson fit fortune. On la sait en tout lieu;
Et l'on veut qu'un guerrier, qu'un Empereur, qu'un Dieu,
Qu'un *diable*, un Bonaparte, à tout jamais illustre,
D'un tas de bouts-rimés attende un jour son lustre !
Passe pour la chanson. J'en voudrais une.... — Abus !
Français, tu te bats bien, mais tu ne chantes plus.
Tes bals même ont quitté leur air jadis folâtre;
Tout moderne danseur s'y croit sur le théâtre.
Espérons tout d'un prince à bien faire entêté :
Aux bons Français, sans doute, il rendra leur gaieté.
Oui, viens, jeune héros, montre à nos murs fidelles
Ce front que ceint la paix d'olives immortelles.
Nul n'a mieux mérité que par des chants d'amour,
Des chœurs, des bonds de joie, on fêtât son retour.
Choisis Mars ou Vénus, Apollon ou Minerve.
Prêt à bien t'accueillir tout l'Olympe entre en verve,
Et, regardant la France avec un œil jaloux,
Va, pour se croire aux cieux, se mêler parmi nous. —
Mais, monsieur, je m'égare, et mon style est le vôtre.
L'enthousiasme enfin m'a gagné comme un autre.
Pourtant, nouvel Alceste, une ronde, un refrain,
Gai, naïf, sans figure, et répété sans fin,
Un *vivat* en chorus me plairaient davantage. —
Vous qui, de mes travaux acceptant le partage,
Voulez d'un juste éloge échauffer vos discours,

Ce plaisir, près de moi, vous l'aurez tous les jours ;
Car, pour vous parler vrai, le prudent journaliste
Qui se cherche un second, c'est moi.

O.

Monsieur, j'insiste

Sur mon zèle....

J.

Il suffit. C'est ce zèle pieux
Qui, tout mérite à part, vous distingue à mes yeux.
Les faits dont l'Empereur remplit l'Europe entière
Vont nous fournir sans doute une longue matière.
Craignez peu la disette. Embarrassé du choix,
Les mots vous manqueront plus qu'à lui les exploits ;
Gardons-nous seulement d'emboucher la trompette.
Faut-il planer en Ode, ou ramper en gazette ?
N'est-il point de milieu ? — Ni trop bas, ni trop fort ;
Disons facilement ce qu'il fait sans effort.
Que l'éloge ait chez nous le sel de la satire ;
Que l'objet de nos chants y puisse un peu sourire ;
Et du moins, quand pour nous s'escriment bien leurs bras,
Ces honnêtes héros, ne les ennuyons pas. —
Défendons-nous aussi d'être doux ou sévères,
D'après nos liaisons ou nos dictionnaires.
Haine au faux bel esprit, aux cœurs faux, au faux goût !
Gloire aux talens, aux mœurs !—Mais point d'odes, sur-tout.

F I N.

DE L'IMPRIMERIE DE GUERFIER.

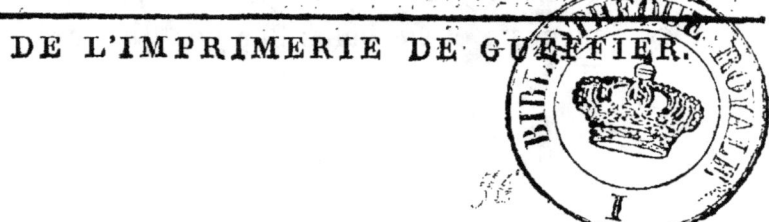

www.ingramcontent.com/pod-product-compliance
Lightning Source LLC
Chambersburg PA
CBHW061523170626
46811CB00004B/1811